Arena-Taschenbuch
Band 50132

KNISTER,
geboren 1952, lebt in Wesel.
KNISTER schreibt Bücher,
macht Musikkassetten und CD-ROMs.
Verrückt, lustig und spannend. Immer!
Lieblingsfarbe: BUNT.
Lieblingsessen: Spaghetti zu jeder Tageszeit.
Hobby: In einer Rockband spielen.
Sternzeichen: Frosch oder so ähnlich.

Birgit Rieger
ist im Harz aufgewachsen, wo sich bekanntermaßen die Hexen scharenweise tummeln. Kein Wunder, dass sie Lilli gleich in ihr Herz geschlossen hat, als sie 1992 zum ersten Mal von ihr las. Inzwischen haben Birgits Hexe-Lilli-Zeichnungen die Kinder auf der ganzen Welt verzaubert.
Außer ihrem Beruf liebt die Grafikerin ihren frechen roten Tigerkater und das Verreisen (wie Lilli!).
Sie lebt mit ihrem Mann in Berlin.

KNISTER

Hexe Lillis Lieblingswitze

Mit Zeichnungen und einem Daumenkino
von Birgit Rieger

Krötenpups und Drachenblut,
dieses Buch ist wirklicht gut!

Arena

In neuer Rechtschreibung

1. Auflage als Originalausgabe
im Arena-Taschenbuchprogramm 2009

Umschlag- und Innenillustrationen: Birgit Rieger
Layout und Satz:
anja marschhäuser · tomilom design · www.tomilom.de
Umschlagtypografie:
knaus. büro für konzeptionelle und visuelle identitäten, Würzburg
Gesamtherstellung:
Westermann Druck Zwickau GmbH
ISSN 0518-4002
ISBN 978-3-401-50132-1

www.arena-verlag.de

Inhaltsverzeichnis

Hexe Lilli und das lachende Klassenzimmer

„Was verstehen wir unter Morgengrauen?“, fragt der Lehrer.
Lilli weiß es: „Das ist das Grauen, das man jeden Morgen hat, wenn man aufstehen und in die Schule gehen muss.“

Es ist der erste Schultag. Mitten in der ersten Stunde packt Lilli ihr Brot aus. Sagt die Lehrerin erstaunt: „Du, hier gibt es aber kein Frühstück!“
Grinst Lilli: „Das habe ich mir schon gedacht. Deshalb habe ich mir auch selbst was mitgebracht!“

Finn ist ein sehr fauler Schüler. Zur Strafe soll er einen Aufsatz über Faulheit schreiben. Am nächsten Tag gibt er ihn bei der Lehrerin ab. Alle Seiten sind leer. Auf der letzten Seite steht: „DAS ist Faulheit!“

„Ich glaube, diese Frage macht dir große Schwierigkeiten“, sagt die Lehrerin.
Darauf der Schüler: „Die Frage nicht, aber die Antwort.“

Abendgebet eines Jungen: „Lieber Gott, wir haben heute eine schwierige Erdkundearbeit geschrieben. Bitte, bitte, lass Paris die Hauptstadt von England sein."

„Wörter, die mit der Vorsilbe *un-* beginnen, drücken meist etwas Schlechtes oder Unangenehmes aus“, erklärt die Deutschlehrerin. „Wer kann ein solches Wort nennen?“
Oskar meldet sich: „Unterricht!“

Der Lehrer erklärt: „Der Mensch hat eine Körpertemperatur von 37 Grad Celsius, das Wild eine von 39 Grad Celsius und ein Vogel sogar eine von 41 Grad Celsius. Max hörst du überhaupt zu?“ Max antwortet schnell: „Ja, natürlich!“

Daraufhin fordert ihn der Lehrer auf: „Wiederhole bitte, was ich gesagt habe.“

Max: „Der Mensch hat eine Körpertemperatur von 37 Grad Celsius. Wenn er wild ist, hat er eine von 39 Grad Celsius, und wenn er einen Vogel hat, hat er sogar 41 Grad Celsius.“

Fragt der Mathelehrer Lilli: „Wenn neun Fliegen auf einem Tisch sitzen und du erwischst zwei, wie viele bleiben dann übrig?“
Darauf Lilli: „Zwei. Die anderen fliegen fort.“

Der Lehrer erklärt: „Mit den Füßen läuft man, mit der Nase riecht man …"
Da meldet sich Paula und sagt: „Aber bei meinem Papa läuft die Nase und die Füße riechen."

„Hab ich dein Gesicht nicht gestern woanders gesehen?“, fragt Lisas Lehrerin einen Schüler, der die letzte Stunde geschwänzt hat.
„Kaum. Ich trage es immer hier oben.“

Max ist stinksauer: „Ich verstehe nicht, wie man an einem einzigen Tag so viel Mist bauen kann wie du!“, schreit er Julian an. Julian antwortet stolz: „Ich stehe eben früh auf und gehe spät ins Bett.“

Der Lehrer fragt Philip: „Welche drei Wörter brauchen Schüler am meisten?“

Philip: „Weiß ich nicht!“

Lehrer: „Richtig!“

Die Lehrerin stellt Mona eine Frage und bekommt als Antwort: „Sie sind aber vergesslich. Gestern haben sie mich doch schon dasselbe gefragt und ich habe Ihnen gesagt, dass ich es nicht weiß!“

Biologieunterricht: „Wer kann mir ein Tier ohne Knochenbau nennen?"
Jonas weiß es: „Der Wurm!"
„Gut", sagt der Lehrer: „Und wer weiß noch ein Tier ohne Knochenbau?"
Diesmal meldet sich sein bester Freund: „Noch ein Wurm."

„Wenn es das Gesetz der Schwerkraft nicht gäbe, würden wir in der Luft herumfliegen“, erklärt der Lehrer.
Da will ein Mädchen wissen: „Und wie war das vorher, als es das Gesetz noch nicht gab?“

Lilli hat verschlafen und kommt zu spät zum Unterricht. Ihr Lehrer ist sauer. „Was soll das denn, Lilli?" Sie antwortet: „Sie sagten doch selbst: ‚Zum Lernen ist es nie zu spät!'"

„Leoni, was hatten wir denn gestern auf?“, fragt die Lehrerin.
Leoni denkt nach und meint dann: „Sie gar nichts und ich eine Baseballkappe.“

In der Religionsstunde wird über die Erschaffung der Eva gesprochen. Der Pfarrer erzählt der Klasse: „Als Adam schlief, nahm Gott ihm eine Rippe heraus, hielt sie in der Hand und sprach: ‚Ich will dir eine Gefährtin geben.'“
Da platzt ein Schüler in die Stille: „Wenn jetzt ein großer Hund gekommen wäre!“

Sagt die Lehrerin zu Lilli: „Warum schreibst du Löwe klein? Alles, was man anfassen kann, schreibt man groß!“ Lilli antwortet: „Versuchen Sie doch mal, einen Löwen anzufassen!“

Sabrina geht in die erste Klasse. Die Nachbarin fragt: „Kennst du schon das ABC?“
„Na klar, schon bis 100.“

In der Mathestunde zählt der Lehrer auf: „Es gibt Millimeter, Zentimeter, Dezimeter, Meter und was noch?“ Antwortet Jonas: „Elfmeter!“

Interessiert erkundigt sich der Vater:
„Na, Leo, wie war es heute in der Schule?“ – „Total klasse“, erzählt Leo. „In Chemie haben wir heute gelernt, wie man Sprengstoff herstellt.“
„Und was habt ihr morgen in der Schule?“
„Welche Schule?“

„Was ist flüssiger als Wasser?“
Lilli: „Hausaufgaben.“
„Warum das denn?“
„Weil sie überflüssig sind.“

In Antonias Schule sind zwei Garderobenhaken angebracht worden. Darüber ein Schild: „Nur für Lehrer!“ Am nächsten Tag klebt ein Zettel darunter: „Aber man kann auch Mäntel daran aufhängen!“

Der Lehrer bei der Zeugnisvergabe zu Julius: „Dein Vater wird graue Haare bekommen, wenn er dieses Zeugnis sieht!“
Antwortet Julius: „Da wird er sich freuen, er hat nämlich schon seit einiger Zeit eine Glatze!“

Lillis Physiklehrer: „Also merkt euch das: Hitze dehnt aus und Kälte zieht zusammen. Wer kann mir ein Beispiel geben?“ Lilli meldet sich: „Die Ferien im Sommer dauern sechs Wochen, die im Winter nur zwei!“

„Wenn ich sage: ‚Ich war schön'", erklärt die Lehrerin, „so ist das die Vergangenheit. Wenn ich aber sage: ‚Ich bin schön' – was ist das, Anna?"
„Eine Lüge!"

Im Deutschunterricht fragt der Lehrer: „Lilli, nenn mir bitte die verschiedenen Zeitformen von ‚ich esse'."
„Ich esse, ich aß, ich habe gegessen, ich bin satt."

Lilli liegt mit Grippe im Bett. Der Arzt untersucht sie. Sagt Lilli: „Bitte, Herr Doktor, ich kann die Wahrheit vertragen. Wann muss ich wieder zur Schule?“

„Ich hab schon wieder alles falsch getippt", ärgert sich Monas Vater, als er die Lottozahlen sieht. „Mach dir nichts draus", beruhigt ihn Mona, „war bei mir in der letzten Mathearbeit genauso."

Lehrerin: „Alles, was Federn trägt, legt Eier."
Joey wundert sich: „Indianer auch?"

Moritz brütet verzweifelt über seinen Hausaufgaben. Fragt sein Vater aufmunternd: „Was macht ihr denn gerade so im Unterricht?"
„Ach, Bruchrechnung. Wir suchen den kleinsten gemeinsamen Nenner."
„Was", sagt der Vater, „hat man den immer noch nicht gefunden? Den haben wir zu meiner Zeit auch schon gesucht."

Der Mathelehrer ist sauer auf Andreas: „Du schreibst langsam, du rechnest langsam, du sprichst langsam. Gibt's denn gar nichts, was bei dir schnell geht?"
„Doch, ich werde schnell müde!"

„Zu welcher Tierart gehört die Biene?", fragt der Lehrer.
Marie meldet sich: „Zu den Säugetieren."
„Wie kommst du denn darauf?", fragt der Lehrer erstaunt.
„Weil sie den Nektar aus den Blüten saugt."

„Ich hoffe, dass ich dich in Zukunft nicht mehr beim Abschreiben erwische“, schimpft der Lehrer. Darauf der Schüler: „Das hoffe ich auch.“

Die Lehrerin fragt Sabrina: „Wie viel ist 3 mal 3?"
Antwortet Sabrina: „9!"
„Richtig", meint die Lehrerin, „dafür bekommst du 9 Erdbeeren aus meinem Garten."
Wieder am Platz meint Sabrina zu ihrer Nachbarin: „Wenn ich das gewusst hätte, hätte ich mehr gesagt."

„Der Mond ist so groß, dass Millionen Menschen darauf Platz hätten“, erklärt der Lehrer.
„Aber was gäbe das für ein Gedränge, wenn Halbmond ist!“, überlegt David.

Fragt der Lehrer: „Lilli, kannst du mir eine europäische Hauptstadt nennen?“
„Na klar, Herr Lehrer, welche darf's denn sein?“

Der Lehrer verbessert: „Es heißt nicht, ‚das Gras tut wachsen', sondern ‚das Gras wächst'. Es heißt auch nicht, ‚das Wasser tut fließen', sondern ‚das Wasser fließt.'“ Nach einer Weile meldet sich Luzi. Der Lehrer fragt: „Was ist denn Luzi?“
„Herr Lehrer, mein Bauch weht!“

Hexe Lillis verrückter Urlaubsspaß

Lilli steht mit ihrer Familie am Flughafen. Beim Einchecken belauscht sie den Passagier vor sich: „Können Sie den großen Koffer nach China schicken und die Reisetasche nach Costa Rica?"

Die Dame von der Fluggesellschaft wundert sich: „Es tut mir leid, aber das können wir nicht machen."

„Wirklich? Da bin ich aber sehr erleichtert. Denn genau DAS ist mir letztes Jahr mit Ihrer Fluglinie passiert."

Im Hotelrestaurant sagt ein Gast zum Kellner: „Mein Kaffee ist ja eiskalt."
Antwortet der Kellner: „Gut, dass Sie mir das sagen, der Eiskaffee kostet 50 Cent mehr."

Eine alte Frau, die hinter Lilli im Flugzeug sitzt, wird ein bisschen ängstlich.
„Stürzt so ein Flugzeug öfter ab?", fragt sie die Stewardess.
„Eigentlich nicht", meint die Stewardess. „Meistens nur einmal."

Ein kleiner Junge isst am Strand ein Vanille-Eis. Ein Tropfen fällt einem Badegast, der am Strand liegt und schläft, direkt auf den Bauch. Dieser schreckt hoch und schimpft: „Meine Güte, die Möwe muss ja direkt vom Nordpol gekommen sein."

Hektor sitzt im Flugzeug nach Ägypten neben einem älteren Herrn. Vor Flugbeginn verteilt die Stewardess Kaugummi und erklärt: „Das ist gut für die Ohren."
Nach einer Weile fragt der ältere Herr Hektor: „Kannst du mir mal sagen, wie man das Zeug wieder aus den Ohren bekommt?"

Lillis Mutter überredet Lilli dazu, mit ihr auf einen Berg zu klettern. Lilli ist völlig erledigt, als sie oben ankommt. Die Mutter ist begeistert.

„Lilli, schau doch mal, wie schön es da unten ist."

„Du schleppst mich also den ganzen Berg rauf, nur damit ich sehen kann, wie schön es da unten ist?"

Lilli und Mama schreiben Urlaubskarten.
Plötzlich springt Mama fluchend auf.
„Was ist los?“, fragt Lilli.
„Ich hatte es eben noch auf der Zunge – und jetzt ist es weg!“
„Denk gut nach, dann kommt es bestimmt wieder!“, meint Lilli kopfschüttelnd.
„Das glaube ich kaum. Es war nämlich die Briefmarke!“

Lilli bestellt beim Frühstück im Urlaubshotel: „Ich nehme zwei Eier, eines steinhart, das andere roh, einen verkohlten Toast und eine bittere Flüssigkeit, die wohl Tee heißt."
„Ich weiß nicht, ob sich das machen lässt", antwortet der Kellner etwas verwundert.
„Aber wieso denn? Gestern ging es doch auch!"

Beim Baden fragt Lilli einen Einheimischen: „Gibt es hier eigentlich Krebse, Seeigel oder andere gefährliche Kleintiere?"
„Mach dir keine Gedanken, die Haie fressen alles weg."

„Wo ist denn hier das nächste Postamt?“, fragt Lilli an der Rezeption ihres Hotels. Der Mann antwortet unfreundlich: „Da vorne links. Das weiß doch jeder Trottel!“ „Darum habe ich Sie ja auch gefragt!“, antwortet Lilli.

Am Strand sieht Hektor zum ersten Mal die Ebbe. „Unverschämtheit“, regt er sich auf, „kaum sind wir hier, haut das Meer ab!“

Hektor erfährt auf dem Bauernhof: „Bei uns wird man morgens vom Hahn geweckt."
„Nicht schlecht", meint er.
„Dann stellen Sie ihn bitte auf halb zehn!"

Der Beduine kommt nach seinem Besuch in Deutschland wieder in seine Wüstenoase zurück.
„Na, wie war es denn so in Deutschland?", fragt seine Frau.
„Einfach herrlich. Die ganze Zeit hat es nur geregnet!"

Der Fremdenführer erzählt: „Und dann meinte der Bürgermeister von Pisa: ‚Na los! Baut den Turm. Es wird schon schiefgehen.'“

„Die Zimmer in Ihrem Hotel sind aber sehr niedrig“, beschwert sich ein Gast.
„Das liegt daran“, meint das Zimmermädchen, „dass unsere Teppiche so dick sind.“

„Na, wie war euer Urlaub?“, fragt Lillis Mutter die Nachbarin nach den Sommerferien.
„Na ja, das Hotel war wirklich schön, aber das Essen …
Zumindest weiß ich jetzt, warum die Leute immer vor dem Essen gebetet haben.“

„Wie lange wollen Sie eigentlich bleiben?“, fragt die Pensionsbesitzerin.
„So lange, bis wir Ihnen auf die Nerven gehen“, meint der Gast strahlend.
„Oh“, sagt die Pensionsbesitzerin, „nur so kurz?“

„Essen Sie gerne Wild?“, fragt der Ober im Waldrestaurant.
Der Gast antwortet: „Nein, lieber ruhig, gesittet und unauffällig!“

Herr Müller kommt aus dem Urlaub zurück. Am Flughafen fragt ihn der Zollbeamte: „Zigaretten? Zigarren? Schnaps? Kaffee? Tee?"
Darauf Herr Müller: „Vielen Dank, sehr aufmerksam, aber kein Bedarf – habe alles schon im Gepäck."

Der Urlauber rennt völlig außer Atem zum Bootssteg, wirft seinen Koffer auf das drei Meter entfernte Boot, springt hinterher, zieht sich mit letzter Kraft über die Reling und schnauft erleichtert: „Gerade noch geschafft!“
Meint der Kapitän: „Gar nicht schlecht, aber warum haben Sie denn nicht gewartet, bis wir anlegen?“

Der Ober beim Tischabräumen: „Wie fanden Sie Ihr Schnitzel?“
Lilli: „Rein zufällig unter einem Salatblatt!“

„Wie wird so ein Fischernetz gemacht?“, fragt der kleine Helge einen alten Seemann.
„Ganz einfach“, erklärt der, „man nimmt eine Menge Löcher und knotet sie mit einer Schnur zusammen.“

Ein Bergsteiger fragt den anderen:
„Was meinst du, wie viele Kilometer es noch bis zur Grotte sind?“
„Dreieinhalb.“
„Das hast du vor einer Stunde doch auch gesagt.“
„Na, glaubst du, ich ändere so schnell meine Meinung?“

Lilli kommt aus dem Urlaub zurück. Stolz erzählt sie ihrer Freundin Mona: „Du kannst dir gar nicht vorstellen, wie ich umschwärmt wurde!“
„Doch, klar, wir hatten hier auch eine furchtbare Mückenplage!“

Treffen sich zwei Wanderer am Berg. Sagt der heruntergehende: „Grüß Gott!" Antwortet der hochgehende: „Nein, nein, so weit wollte ich heute nicht wandern!"

Leon fährt in die Ferien. Im Zug irrt er durch die Waggons und kann sein Abteil nicht mehr finden.
„Na, an irgendetwas musst du dich doch noch erinnern können“, sagt der Schaffner zu ihm.
„Oh ja, jetzt fällt mir etwas ein“, sagt Leon, „vor dem Fenster war eine ganz große Schafherde.“

„Herr Ober, an unserem Tisch stehen ja gar keine Stühle.“
„Das ist schon richtig. Sie haben ja auch nur einen Tisch reserviert.“

Lilli kommt in ein Wirtshaus, setzt sich an den Tisch und winkt die Kellnerin heran. „Bringen Sie mir bitte Tomatensuppe mit Reis, dann Sauerbraten mit Bohnen und Kartoffelpüree und zum Nachtisch Vanillepudding mit Schokoladensoße.“
„Aber“, staunt die Kellnerin, „woher weißt du denn, dass wir das anbieten? Du hast doch noch gar keine Speisekarte gehabt.“
„Speisekarte?“, sagt Lilli. „Die brauche ich nicht. Ich sehe es doch am Tischtuch!“

„Regnet es bei euch immer?“, fragt ein missgelaunter Tourist einen Einheimischen.
„Nein“, antwortet der, „nur bei schlechtem Wetter!“

„Haben Sie ein Zimmer?“, fragt der Tourist an der Hotelrezeption.
„Eins?“, sagt der Portier. „Wir haben hundertzwanzig.“
„Das ist ja großartig!“, freut sich der Tourist.
„Aber sie sind alle belegt!“, sagt der Portier.

Mit letzter Kraft schleppt sich ein verirrter Tourist durch die Wüste.
„Wasser! Wasser!“, ruft er.
Stunden später sieht er plötzlich einen Mann mit Bauchladen, der Krawatten verkauft. „Eine hübsche Krawatte gefällig?“
Der Verirrte röchelt verärgert: „Was soll ich mit Krawatten? Ich habe Durst! Ich brauche Wasser!“
Am nächsten Tag entdeckt der Verdurstende am Horizont eine Oase.
Er erreicht sie und sieht unter Palmen ein Restaurant. „Wasser! Wasser!“, stöhnt er mit letzter Kraft.
„Können Sie haben“, meint der Portier, „aber ohne Krawatte kommen Sie hier nicht rein!“

Lilli und Hektor machen eine Radtour. Nach nur wenigen Metern bleibt Hektor stehen und lässt die Luft aus den Reifen.

„Warum machst du das?“, fragt ihn Lilli verwundert.

„Der Sattel war mir zu hoch!“

★

„Na, Jeremias, wie war denn der Urlaub?“

„Schrecklich! Im Hotel hatten wir die Zimmernummer 100. Und vom Türschild war die Eins abgefallen!“

Eine ältere Dame macht ihre erste Kreuzfahrt. Der Steward fragt sie: „Sind Sie zufrieden?"
Die alte Dame antwortet begeistert: „Ja, danke! Alles ist prima!" Dabei zeigt sie auf das Bullauge. „Vor allem der Wandschrank, was da alles reingeht!"

Der Gast im Restaurant flucht: „Das schmeckt ja wie gebratene Hufspäne mit Pferdeäpfeln."
„Meine Güte", staunt der Ober, „was Sie alles schon in Ihrem Leben gegessen haben."

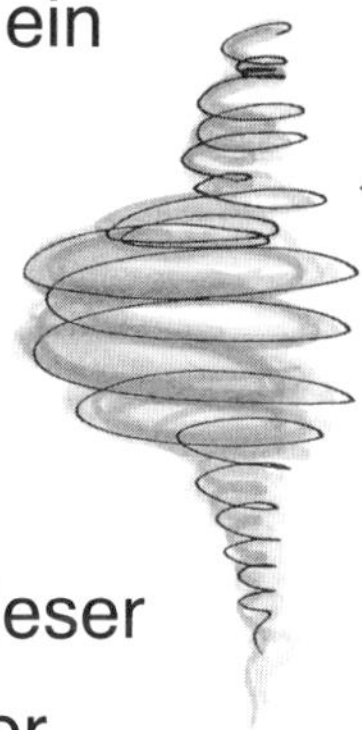

Auf einem winzigen Flughafen in einem fernen Land soll ein Flugzeug starten. Mit gemischten Gefühlen hören die Passagiere, wie der Pilot ruft: „Ich fliege nicht mit dieser Kiste, wenn nicht der Motor ausgetauscht wird."

Nach einer Viertelstunde startet das Flugzeug.

„Was, so schnell ist der Motor ausgetauscht worden?", fragt ein Fluggast erstaunt die Stewardess.

Antwortet diese: „Nicht der Motor – der Pilot!"

Hexe Lillis
unheimlich witzige
Gruselwitze

Eine alte Hexe düst auf ihrem Besen durch die Luft. Da wird sie von einer jungen Hexe überholt, die mit ungeheurem Tempo auf einem Staubsauger vorbeisaust.
Beschwert sich die Alte:
„Schrecklich, diese Rocker!“

Treffen sich zwei Unsichtbare. Sagt der eine zum anderen: „Lange nicht mehr gesehen.“

Sagt das Hexenkind Rosina zu ihrer Freundin: „Weißt du, Klotilda, ich war schon als Kleinhexe sehr intelligent. Ich konnte schon mit einem Jahr fliegen!"
Antwortet Klotilda: „Das nennst du intelligent? Ich habe mich mit einem Jahr noch tragen lassen."

Zwei Mäusekinder gehen spazieren. Plötzlich fliegt eine Fledermaus vorbei.
Da sagt die eine Maus zur anderen: „Wenn ich groß bin, werde ich auch Pilot!"

„Wie viel Geld hast du zur Verfügung?“, fragt die Hexe.
„Zehn Euro“, sagt der Kunde.
„Dann kannst du mir zwei Fragen stellen.“
„Ist das nicht ein bisschen wenig für das Geld?“
„Nein. Und nun die zweite Frage.“

In einer Höhle leben Fledermäuse. Alle hängen mit dem Kopf nach unten, bis auf eine.
„Was ist denn mit der los?“
„Ach, die macht Yoga!“

Eine ganz schreckliche, alte, hässliche Hexe steht vor einem Kreis junger Männer. Auf ihrer Schulter sitzt eine schwarze Katze. Krächzend sagt die Alte: „Also Jungs, wer errät, was für ein Tier auf meiner Schulter sitzt, bekommt einen heißen Kuss von mir."

Darauf einer: „Eine Schildkröte."
Die Hexe: „Okay, das wollen wir gerade noch mal durchgehen lassen."

Wie zählt ein grünes Gruselmonster bis sechzehn?
Ganz einfach: mit seinen Fingern.

Das Skelett wird angerempelt und fällt hin.
Ein Passant hilft ihm wieder auf:
„Haben Sie sich verletzt?"
„Nein, aber zu Tode erschrocken!"

Was benutzt der kleine Geist in der Schule?
Einen Spukzettel!

Lilli und ihre Familie wollen Urlaub in einem alten Schloss machen. Vor der Reise ruft Lillis Mutter noch mal bei der Schlossbesitzerin an: „Gibt es in ihrem Schloss auch wirklich keine Gespenster?“
„Aber nein!“, lacht die Besitzerin, „in den 300 Jahren, die ich hier wohne, habe ich jedenfalls noch keine gesehen.“

Vor einem Kino fliegen fünfzehn Hexen hin und her. Plötzlich kommt noch eine vorbeigeflogen. Da rufen die fünfzehn: „Kommst du mit uns ins Kino? Der Film ist erst ab sechzehn!“

Hektor verirrt sich um Mitternacht in einem alten Schloss. Da schwebt ein Geist an ihm vorbei und flüstert mit schauriger Stimme: „Ich bin schon seit über vierhundert Jahren hier." „Ah, das trifft sich gut, dann wissen Sie doch sicher, wo hier die Toiletten sind."

Eine junge Frau regt sich am Abfertigungsschalter des Flughafens über den verspäteten Start ihrer Maschine auf: „Bei dem lahmen Betrieb hier“, faucht sie den jungen Mann hinter dem Schalter an, „ist ja selbst eine Hexe mit Besen schneller am Ziel!“
Darauf der Mann: „Die Startbahn ist frei, Madame!“

Geht ein Skelett in eine Bar. Als es vor dem Tresen steht, sagt es: „Ich hätte gerne ein Glas Bier und einen Lappen!“

Was macht ein Vampir, der keine Zähne mehr hat?
Er isst nur noch Tomatensuppe.

Leon fragt den Baron, in dessen Schloss er und seine Familie übernachten: „Gibt es in Ihrem Schloss Gespenster?"
„Natürlich! Sie sind billiger als eine Alarmanlage!"

Nach seiner nächtlichen Tour kommt Dracula wieder einmal volltrunken nach Hause. Sofort schimpft seine Frau: „Musst du immer Betrunkene beißen?“

Draculine, Draculas Töchterchen, kommt eines Tages heulend von der Schule nach Hause: „Ich muss hundert Mal schreiben, ‚ich darf nicht kratzen‘.“
„Das geschieht dir recht“, schimpft ihr Vater, „ich habe dir schon so oft gesagt, dass du beißen sollst!“

Was sagt Dracula, wenn er zum Zahnarzt geht?
„Bitte nur anspitzen!“

Dracula trifft einen befreundeten Vampir. „Was soll das heißen, du bist Vegetarier geworden?“ „Na, ich esse jetzt nur noch Blutorangen.“

Ein Hellseher zum anderen: „Dir geht es gut. Wie geht es mir?"

Nach der Untersuchung sagt der Zahnarzt zum Skelett: „Ihre Zähne sind in Ordnung, aber Ihr Zahnfleisch macht mir Sorgen!“

Zwei Skelette wollen eine Motorradtour machen. Kurz bevor es losgeht, springt das eine Skelett noch mal ab, rennt weg und kommt gleich darauf mit seinem Grabstein wieder.
Fragt das wartende Skelett: „Warum nimmst du denn deinen Grabstein mit?“
Darauf das andere Skelett: „Na, glaubst du, ich fahre ohne meinen Personalausweis los?“

Klopft es nachts an Omas Schlafzimmertür.
Eine raue Stimme sagt: „Ich bin der blutige Finger. Lass mich rein.“
Oma springt aus dem Bett und schließt schnell die Tür zu.
Wieder klopft es und wieder fragt der „blutige Finger“, ob er hineinkommen darf.
Jetzt hat Oma die Faxen dicke.
„Lass mich in Ruhe schlafen“, schreit sie.
Plötzlich von draußen eine klägliche Stimme: „Mensch Oma, ich hab mir in den Finger geschnitten. Jetzt gib mir doch bitte schnell ein Pflaster.“

„Sind da Geister unter meinem Bett?“, fragt Leon.
„Nein, nein. Ganz bestimmt nicht!“, hört er es wispern.

Sagt ein Gespenst zum anderen: „Glaubst du eigentlich an Menschen?“

Familie Müller besucht ein Gruselschloss. Das Turmzimmer betreten sie aber nur einzeln, weil es zu klein für alle auf einmal ist.
Zuerst geht der Vater rein und kommt kurze Zeit später brüllend rausgerannt.
Als Nächstes geht die Mutter rein. Auch sie rennt schreiend nach nicht mal einer Minute wieder raus.
Zuletzt geht der kleine Tom rein. Drinnen hört er eine Stimme: „Zuerst pack ich dich, dann schäl ich dich, dann ess ich dich!" Tom schaut sich um und sieht einen Schrank. Er macht die Schranktür auf und sieht hinein: Drinnen sitzt ein sprechender Affe mit einer Banane.

„Wer von euch weiß denn, was Mumien sind?", fragt der Lehrer in der dritten Klasse. Karlchen meldet sich: „Eingemachte Könige, Herr Lehrer!"

„Leon, heute Nacht war wieder eine Fledermaus im Haus“, erzählt Lilli. „Was? Und du hast mich nicht geweckt? Du weißt doch, dass ich nicht schlafen kann, wenn so ein Tier im Haus herumgeistert.“

Treffen sich zwei Hellseher. Sagt der eine: „Kommst du mit?“ Antwortet der andere: „Nein, da war ich schon.“

Ein Autofahrer hört im Radio: „Liebe Hörer, seien Sie auf der A7 vorsichtig, dort ist ein Geisterfahrer unterwegs!“ Sagt der Fahrer: „Einer? Hunderte!“

Wie bekommt man einen Vampir aus dem Sarg?
Sarg auf, Vampir raus, Sarg zu.

Der Geisterfahrer zum Polizisten: „Was heißt hier falsche Richtung? Sie wissen doch gar nicht, wohin ich will!“

Während einer Schlossbesichtigung lässt sich Mehmet erschöpft auf einen Stuhl fallen.

„Das ist der Lieblingsstuhl Friedrichs des Großen!“, mahnt der Schlossführer.

„Schon in Ordnung“, sagt Mehmet. „Wenn er kommt, stehe ich sofort auf.“

Kommt ein Skelett zum Arzt. Sagt der Arzt: „Sie hätten ruhig schon ein wenig früher kommen können!“

Warum reiten Hexen einen Besen?
Staubsauger haben durch das Elektrokabel nur eine bestimmte Reichweite.

Hexe Lilli – tierisch witzig

Treffen sich zwei Fische neben einer Brücke. Da fängt es an zu regnen. Sagt der eine zum anderen: „Komm, wir schwimmen unter die Brücke, sonst werden wir noch nass!“

Wird eine Schildkröte von einer Bande Schnecken überfallen. Später auf der Polizeiwache fragt der Kommissar: „Nun erzählen Sie mal den Ablauf der Geschehnisse.“ Meint die Schildkröte: „Ach, Herr Wachtmeister, es ging alles so schnell ...“

Eine Maus und ein Elefant laufen zusammen durch die Wüste.
Da fragt der Elefant die Maus: „Sag mal, wieso hast du eine Wasserflasche dabei?“
Die Maus antwortet: „Wenn ich Durst habe, kann ich was trinken.“

Etwas später fragt die Maus den Elefanten: „Aber warum schleppst du eine Autotüre mit?“
Antwortet der: „Wenn mir heiß ist, kann ich das Fenster runterkurbeln!“

Verabreden sich ein Tausendfüßler und eine Maus um drei bei der Schlange. Die Maus kommt pünktlich um drei, der Tausendfüßler erst eine Stunde später. Fragt die Schlange: „Warum kommst du denn erst jetzt?“
Sagt der Tausendfüßler: „An der Tür hängt ein Schild ‚Bitte Füße abtreten!‘.“

Zwei Mäuse sitzen im Sessel, sagt die eine: „Och, mir ist so langweilig.“ Darauf erwidert die andere: „Dann geh doch zur Katze, mit der kannst du Fangen spielen.“

„Na, wie war euer Picknick?“, fragt Mama. „Haben die Marmeladenbrote geschmeckt?“
Antwortet Lilli: „Das musst du die Ameisen fragen!“

Lilli setzt sich im Park neben eine Frau auf die Bank und klatscht immer wieder in die Hände.
Darauf die Frau: „Wieso klatschst du denn?“
Antwortet Lilli: „Mit dem Klatschen vertreibe ich die Elefanten!“
Die Frau: „Aber ich sehe weit und breit keine Elefanten!“
Darauf antwortet Lilli: „Sehen sie, der Trick wirkt schon.“

Ein Mann findet auf der Straße einen Pinguin. Als er mit dem Pinguin zur Polizei geht, rät man ihm, mit dem Tier in den Zoo zu gehen.
Am nächsten Tag sieht der Polizist den Mann mit dem Pinguin in der Stadt und fragt ihn: „Habe ich Ihnen gestern nicht gesagt, sie sollen mit dem Pinguin in den Zoo gehen?"
„Da waren wir ja auch und jetzt gehen wir ins Kino."

Die Holzwurm-Mutti ermahnt ihre Kinder: „Kommt endlich rein. Das Essen wird morsch!"

Lilli füttert ihre Fische. Kommt ihr kleiner Bruder Leon ins Zimmer. Leon schaut ruhig zu. Nach einer Weile fragt er: „Was gibst du ihnen da?“ Lilli antwortet: „Ich werfe ihnen Wasserflöhe rein.“ Leon ruft entsetzt: „Du Tierquäler! Fische können sich doch nicht kratzen!“

Zwei Schneckendamen gehen spazieren. Plötzlich sehen sie einen attraktiven Schneckenherrn. Sagt die eine Schneckendame: „Schau doch bitte mal, sitzt mein Haus auch gerade?"

Ein Fisch in der Drogerie: „Ich hätte gerne eine Flasche Schuppen-Shampoo!"

„Unser Kanarienvogel hat Benzin gesoffen!“, erzählt Lilli ihrer Freundin.
„Und?“, fragt diese.
„Er flog dreimal durchs Zimmer und ist dann abgestürzt“, berichtet Lilli weiter.
„Tot?“, fragt ihre Freundin.
„Nein, das Benzin war aus.“

Zwei Löwen im Safaripark beobachten eine Touristenfamilie in ihrem Landrover.
„So was sollte verboten sein“, sagt der ein Löwe zum andern. „Die armen Menschen in so einen kleinen Käfig einzusperren!“

Die kleine Motte kommt von ihrem ersten Ausflug zurück.
„Na, wie war's?“, fragt die Mottenmami.
„Toll“, antwortet die kleine Motte. „Wo ich auch hinkam, haben die Leute geklatscht!“

„Warum ist ihr Flohzirkus heute geschlossen?“, fragt Lilli den Direktor des Flohzirkus.
„Ach, es ist furchtbar. Unsere Hauptdarstellerin ist gestern Nacht mit einem Pudel durchgebrannt.“

Eine Fliege saust haarscharf an einem Spinnennetz vorbei. Die Spinne ruft ärgerlich: „Na warte, morgen erwische ich dich."
Darauf die Fliege: „Ätsch, ich bin eine Eintagsfliege."

Zwei Tausendfüßler stehen im CD-Laden und bewundern ein Werbeplakat mit Madonna.
„Tolle Beine hat die Kleine", sagt der eine.
„Ja, aber so wenige", antwortet der andere.

Kommt ein Tausendfüßler zum Tierarzt und heult.
„Wo fehlt es denn?"
„Mir ist einer auf den Fuß getreten!"
„Auf welchen denn?"
„Weiß ich nicht, ich kann nur bis hundert zählen!"

Zwei Hühner schauen sich Eierbecher an. Da sagt das eine Huhn: „Das sind aber schöne Kinderbetten!"

„Du bist der reinste Wirbelwind“, sagt eine Schnecke zu der anderen. „Gestern warst du noch auf der anderen Straßenseite, heute bist du schon wieder hier!“

Zwei Pinguinkinder unterhalten sich: „Fein, heute haben wir nur zehn Grad unter null. Vielleicht bekommen wir ja Hitzefrei!“

Hektor sieht im Garten einen Igel.
„Lilli, guck mal, da läuft ein Kaktus.“

„Warum so traurig“, fragt eine Regenwurmdame die andere.
„Mein Mann ist zum Angeln!“

Leon steht im Zoo lange da und starrt unentwegt den Storch an. Dann geht er weiter und sagt traurig: „Schade, er kennt mich nicht mehr!“

Ein Löwe tigert durch die Wüste. Dort trifft er auf eine Gazelle und brüllt sie an: „Wer ist der König der Tiere?"
Die Gazelle antwortet vorsichtig: „Na, du, Löwe!"
Zufrieden geht der Löwe weiter und trifft wenig später auf eine Giraffe: „Wer ist der König der Tiere?"
Die Giraffe antwortet mit zittriger Stimme: „Na, du, Löwe!" Und wieder ist der Löwe zufrieden. Kurze Zeit später trifft er einen Elefanten: „Wer ist der König der Tiere?"
Der Elefant packt den Löwen mit seinem Rüssel und klatscht ihn gegen eine Palme.
Daraufhin der Löwe ganz kleinlaut: „Man wird doch noch mal fragen dürfen ..."

Mecki, der kleine Igel, hat sich in einer Gärtnerei verlaufen und findet nicht mehr heim. Jedes Mal, wenn er an einen Kaktus stößt, fragt er: „Bist du es, Mami?“

Der kleine Hase fragt: „Wie ist das eigentlich, Mama? Der Storch bringt die Menschenkinder. Aber wie bin ich denn auf die Welt gekommen?“
Die Hasenmutter antwortet: „Dich hat der Zauberer aus dem Hut gezogen!“

Zwei Fliegen wollen nach Hamburg. „Wir können uns doch einfach auf ein Motorrad setzen, das nach Hamburg fährt", schlägt die eine vor. „Super Idee", findet die andere. „Aber dann muss ich noch mal schnell heim und meine Sonnenbrille holen. Ich mag es nicht, wenn mir dauernd Mücken in die Augen fliegen!"

Das kleine Ferkel Fred steht ganz traurig vor einer Steckdose: „Na, Kumpel, wer hat dich denn eingemauert?“

Verzweifelt kniet der Dompteur mit dem erloschenen Feuerring vor dem Löwen: „Nein! Springen sollst du … nicht pusten!“

Was sagt ein Hase beim Überfall auf einen Schneemann?
Möhre oder Fön!

Zwei Zahnstocher gehen durch den Wald. Kommt ein Igel vorbei. Sagt der eine Zahnstocher: „Wenn ich gewusst hätte, dass hier ein Bus fährt, hätte ich den genommen."

Hektor und Lilli sind in einem Café. Da stubst Lilli Hektor plötzlich ganz aufgeregt an: „Schau mal, da kommt ein Esel an die Bar und bestellt einen Orangensaft. Findest du das nicht auch komisch?"
Der Kellner hört, was Lilli gesagt hat, und antwortet: „Stimmt, es ist wirklich seltsam, sonst trinkt er immer eine Cola!"

Tim gibt mächtig an mit seinem Hund. Mit geheimnisvoller Miene erzählt er seinem Freund: „Mein Waldilein ist ein Polizeihund."
„Was? Dieser winzige Köter?", lacht ihn sein Freund aus. „Das sieht man ihm aber nicht an!"
„Das soll man auch nicht. Er ist bei der Geheimpolizei."

Kommt ein Huhn in ein Frühstückslokal und bestellt: „Bitte bringen Sie mir einen Eierbecher, einen Löffel und etwas Salz. Den Rest kann ich selbst erledigen."

Zwei Pinguine watscheln durch die Wüste: „Wahnsinn, muss das hier glatt sein!“ Fragt der andere verwirrt: „Wieso?“
Darauf wieder der erste: „Schau doch mal, wie viel die hier gestreut haben.“

Stolz erzählt der Tierparkdirektor einem Gast: „Im Frühjahr bekommen wir einen Halbaffen."
Meint der Gast: „Für einen ganzen hat es wohl nicht gereicht?"

„Du", sagt Max zu seinem Papa, „ich weiß, warum heute bei dir kein Fisch anbeißt."
„Warum?"
„Ich habe vorhin einen von den Würmern probiert. Die schmecken furchtbar!"

Hexe Lilli zum Totlachen

„Stellt den Fernseher leiser“, ruft Fridolin seinen Brüdern zu. „Ihr stört Papa und Opa bei meinen Hausaufgaben!“

Die Mutter will einkaufen gehen und fragt Leon: „Wie viel Zahnpasta haben wir noch?“ Eine Weile ist es ruhig, dann sagt Leon: „Sie reicht genau von der Badewanne bis zum Wohnzimmerschrank!“

Treffen sich zwei Sandkörner in der Wüste. Meint das eine: „Sag mal, weißt du, warum es hier so voll ist?"

„Ist der Stille Ozean den ganzen Tag still?", fragt Lilli ihre Tante.
„Frag lieber etwas Gescheites, Lilli!", antwortet die Tante.
„Na gut, woran ist das Tote Meer gestorben?"

Ein paar Tage vor Weihnachten kommt Peter zur Mutter: „Du, Mama, die Eisenbahn kannst du wieder von meinem Wunschzettel streichen. Ich habe zufällig eine ganz tolle im Schlafzimmerschrank gefunden!“

Linus sitzt wartend auf einem Zaun. Da kommt ein Pfarrer und fragt: „Wo geht es zum Bahnhof?“
Linus antwortet: „Das sag ich dir nicht!“
Daraufhin droht ihm der Pfarrer: „Wenn du es mir nicht sagst, dann kommst du nicht in den Himmel!“
Antwortet Linus: „Ja und du kommst nicht zum Bahnhof!“

„Lilli, woher hast du diese Schimpfwörter?"

„Vom Nikolaus! Den hättest du hören sollen, als er im Treppenhaus über die Inline-Skates gestolpert ist!"

Lilli erzählt ihrer Freundin Mona in der großen Pause: „Stell Dir vor, ich habe heute Nacht auf Spanisch geträumt."

Mona fragt gespannt: „Und worum ging es?"

Lilli: „Keine Ahnung! Ich habe kein Wort verstanden."

Tante Elli sitzt an Leons Bettchen und liest ihm eine Gutenachtgeschichte vor. Plötzlich sagt Leon: „Du, Tante Elli, nicht so laut, bitte, ich möchte schlafen!“

Lilli erzählt ihrer besten Freundin Mona: „Mein Kater hat beim Wellensittich-Wettbewerb den ersten Preis bekommen.“
„Wie geht denn das?“, fragt Mona verwundert.
„Er hat den Sieger gefressen!“

„Schau her, jetzt hab ich schon wieder ein graues Haar gekriegt. Das liegt nur daran, dass du immer so frech bist“, sagt der Vater zu seinem Sohn.

„Aha“, meint dieser. „Wenn ich mir die Oma anschaue, wie frech musst du dann erst gewesen sein!“

„Kennst du den Sekundenwitz?“

„Nein.“

„Schade, schon vorbei.“

„Was kaust du denn da?“, will Tinas Lehrerin von ihr wissen.
„Kaugummi“, antwortet Tina.
„Spuck den sofort aus!“, empört sich die Lehrerin.
„Das geht nicht. Den hat mir mein Freund doch nur ausgeliehen.“

Leon bewundert die Kette am Hals seiner Erzieherin. Nach einer Weile zeigt er darauf und fragt: „Was ist das?"
Darauf antwortet die Erzieherin: „Das ist ein Anhänger."
Fragt Leon verwundert: „Ja, und wo ist denn der Traktor?"

Die Geschwister Julian und Maria haben Krach. Deshalb sprechen sie im Moment auch nicht miteinander. Am Abend legt Julian einen Zettel auf den Küchentisch. Darauf steht: „Maria, weck mich morgen früh bitte um 7 Uhr.“
Als er am nächsten Tag um 10 Uhr wach wird, findet er auf seinem Nachttisch einen Zettel: „Es ist jetzt 7 Uhr. Aufstehen!“

Zwei Jäger gehen auf die Jagd und übernachten in einer Hütte. Der eine deckt sich mit Stroh zu, der andere mit einer Leiter. Am Morgen fragt der eine Jäger: „Hast du gut geschlafen?“

Der andere antwortet: „Nein, es war kalt.“

Schaut der erste Jäger zum anderen rüber und meint: „Ist doch kein Wunder, bei der Leiter fehlt ja auch eine Sprosse.“

„Mein Vater kann einen Lastwagen mit nur einer Hand anhalten“, gibt Kevin bei seinem Freund an.
„Gibt’s das? Ist der so stark?“, fragt dieser.
„Stark ist er nicht, aber bei der Polizei.“

Lilli und ihre Mutter gehen einkaufen. Lilli fragt ihre Mutter: „Mama, kannst du mir drei Euro für einen alten Mann geben?"
Die Mutter antwortet: „Ja, gerne. Ich freue mich, wenn du anderen Menschen helfen möchtest. Wo ist denn der alte Mann?"
Lilli antwortet: „Er steht vor dem Schulhof und verkauft Eis!"

„Und dieses Haarwuchsmittel funktioniert?“, fragt ein Kunde in der Apotheke.
„Garantiert“, versichert der Verkäufer. „Letzte Woche ist mir ein Tropfen davon auf meinen Bleistift gefallen. Heute benutze ich ihn als Zahnbürste!“

Philipp ist beim Zahnarzt. Nach einer kurzen Untersuchung meint dieser: „Zähne und Zahnfleisch sind in Ordnung. Aber der Kaugummi müsste mal erneuert werden!“

An seinem Geburtstag bekommt Marius einen Brief von seiner Oma. Darin steht:

Lieber Marius,

Ich wünsche dir alles Gute zum Geburtstag.

Deine Oma

PS: Ich wollte noch einen Zwanzig-Euro-Schein mitschicken, aber da war der Brief schon zugeklebt.

Lilli steht am Straßenrand mit zehn Apfelkernen. Da kommt Jonas vorbei und fragt verwundert: „Was machst du denn mit den Apfelkernen?"
Lilli erklärt: „Die machen klug, deshalb verkaufe ich sie für drei Euro." Jonas kauft sie ihr ab.
Am nächsten Tag trifft er Lilli wieder und schimpft: „Das ist eine Gemeinheit. Mit drei Euro hätte ich mir ein ganzes Kilo Äpfel kaufen können."
Lilli antwortet: „Siehst du, die Kerne wirken schon!"

Geht ein Cowboy zum Friseur. Als er wieder rauskommt, ist sein Pony weg!

Paul rennt auf die Straße und hält einen Mann an: „Bitte, können Sie mir sagen, wie man zu den Berliner Philharmonikern kommt?"
Da hebt der Mann den Zeigefinger und sagt: „Üben, üben, üben!"

„Warum muss ich mir die Hände waschen?“, mault Leon. „Ich will sowieso nur Schwarzbrot essen!“

Lilli ruft bei Tante Elli an. „Du, Tantchen, ich muss mich bei dir noch für das Geburtstagsgeschenk bedanken!“

„Aber Lilli, das ist doch nicht der Rede wert!“

„Das hab ich auch gesagt, aber Mama sagt, ich soll mich trotzdem bedanken.“

Beim Mittagessen will Emma ihrem Vater etwas sagen. Doch ihr Vater sagt streng: „Beim Essen spricht man nicht."
Nach dem Essen fragt der Vater: „Was wolltest du mir sagen, Emma?"
Emma antwortet: „Jetzt ist es schon zu spät, du hast die Fliege mitgegessen!"

„Aber Leon, warum hast du denn deinen Teddybären in die Tiefkühltruhe gelegt?“
„Ich möchte einen Eisbären aus ihm machen!“

Tom gratuliert seiner Mutter zum Geburtstag.
Diese sagt zu ihm: „Tom, mein allerschönstes Geschenk wäre es, wenn du bessere Noten schreiben würdest.“
Entgegnet Tom: „Mist und ich hab dir jetzt schon ein Parfüm gekauft.“

„Papi, darf ich von deinem Bier trinken?“, fragt Juri.
„Erst wenn du groß bist“, sagt Papa.
„Aber wenn ich groß bin“, antwortet Juri, „hast du das Bier doch schon ausgetrunken.“

Ein Mann bringt eine Briefmarke an den Schalter zurück und meckert: „Diese Marke hat ja gar keine Gummierung!“
„Komisch“, meint da der Schalterbeamte, „sie sind nun schon der fünfte Kunde, der diese Marke zurückbringt!“

Leon meckert rum, während er mit dem Dosenöffner an dem Panzer seiner Schildkröte herumhantiert: „Mami, ich möchte meine Schildkröte sooo gerne mal streicheln. Aber ich krieg den Deckel nicht ab.“

„Geige mag ich viel lieber als Klavier!“
„Sind Sie Musiker?“
„Nein, Möbelpacker!“

Leon ist ganz aufgeregt: „Stell dir vor, Lilli, gestern habe ich gleich vier Hufeisen gefunden. Das hat bestimmt was zu bedeuten."
„Na klar", antwortet Lilli, „irgendwo rennt jetzt ein Pferd barfuß herum."

Viel Vergnügen mit Hexe Lilli

Seit Lilli das Zauberbuch hat, gerät sie von einem Abenteuer in das andere.
Jeder Kinderroman enthält viele Bilder und Lillis beste Zaubertricks im Anhang!

Ab 8 Jahren. 96-144 Seiten. Format 15,9 x 21,1 cm. Gebunden.
Durchgehend illustriert von Birgit Rieger.

Hexe Lilli stellt die Schule auf den Kopf
Hexe Lilli macht Zauberquatsch
Hexe Lilli und der Zirkuszauber
Hexe Lilli bei den Piraten
Hexe Lilli und der Weihnachtszauber
Hexe Lilli wird Detektivin
Hexe Lilli im wilden Wilden Westen
Hexe Lilli und das wilde Indianerabenteuer
Hexe Lilli im Fußballfieber
Hexe Lilli und das Geheimnis der Mumie
Hexe Lilli und das Geheimnis der versunkenen Welt
Hexe Lilli und das magische Schwert
Hexe Lilli auf Schloss Dracula
Hexe Lilli auf der Jagd nach dem verlorenen Schatz
Hexe Lilli und der Ritter auf Zeitreise
Hexe Lilli und der schreckhafte Wikinger
Hexe Lilli im Land der Dinosaurier
Hexe Lilli fliegt zum Mond
Hexe Lilli in Lilliput
Hexe Lilli und Hektors verzwickte Drachenprüfung
Hexe Lilli und das Buch des Drachen
Hexe Lillis geheime Zauberschule
Hexe-Lilli-Fan-Artikel

Die Hexe-Lilli-Geschichten gibt es auch auf
Kassette und CD von Igel Records und BMG!

Arena

www.arena-verlag.de
www.knister.com

Noch mehr Vergnügen mit Hexe Lilli

In diesen verrückten Quizblöcken beantwortet Hexe Lilli alle Fragen, auf die du schon immer eine Antwort haben wolltest und die in keinem Schulbuch stehen. Und damit es richtig spannend wird, sind immer zwei Lösungen dabei, die geflunkert sind. Wer findet die richtige Antwort?

Jeder Block: 100 Seiten • Format 8 x 13 cm • Spiralbindung
Durchgehend farbig illustriert von Birgit Rieger.

Ein Fanbuch der besonderen Art mit Steckbriefen von Lilli und ihren abenteuerlichen Freunden, Lillis geheimen Zaubertricks und den witzigsten Zaubersprüchen, Geheimschriften, Lieblingsrezepten, Ideen für Hexenpartys und vieles mehr. Nicht zu vergessen das ultra-superschwere Expertenquiz.

104 Seiten.
Format 10,5 x 16,5 cm.
Gebunden.
Durchgehend farbig illustriert
von Birgit Rieger.

Arena

www.arena-verlag.de
www.knister.com